怪談十二か月
秋
落ち葉の下に眠《ねむ》る月

秋

12月

秋

10月

怪談《かいだん》

野分《のわき》

強い風を伴《ともな》った台風が、
午後から夜半にかけて通過《つうか》するらしい。
空は重たそうな灰色《はいいろ》の雲で覆《おお》われた。
強い風が渦巻《うずま》くように校庭の木々を揺《ゆ》らしている。
まだ雨は降《ふ》り出していない。
誰《だれ》かが外の様子を見ようと窓《まど》を開けた。
ジメジメした風が、どっと吹《ふ》き込《こ》んで、
教室中に土と水の匂《にお》いが広がった。
「台風が接近しているので、今日はこれで終了《しゅうりょう》。
寄《よ》り道しないで早く帰るように」

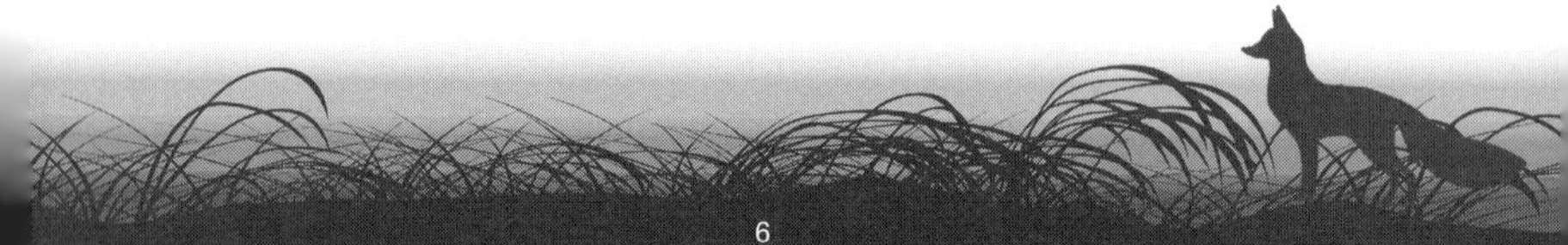

教室がざわめく。

「先生、台風そんな凄《すご》いの？」

誰《だれ》かが聞いた。

「暴風警報《ぼうふうけいほう》が出てる。昔の言葉で言うと『野分《のわき》』だな」

クラス担任《たんにん》は国語の先生だった。

時々古めかしい言葉を使う。

『野分《のわき》のまたの日こそ』

先生は黒板にこう書いた。

「これは古文の宿題。意味を調べてくるように。

それと小テストを返すから」

みんなが一斉《いっせい》に帰ることになったので、昇降口《しょうこうぐち》は混雑《こんざつ》していた。

「テストどうだった？」

友人のＹがボクに聞いた。

「もう全然ダメだったよ。

苦《にが》手《て》な宿題も出たし、憂《ゆう》うつだよ」

するとＹはボクに一枚《まい》のメモ用紙を差し出した。

「あれは枕草子《まくらのそうし》だよ」

そこには、こんな一節《いっせつ》が書かれていた。

『野《の》分《わき》のまたの日こそ、いみじうあはれにをかしけれ』

Ｙと別れた後《あと》、ボクはさっき貰《もら》った用紙を取り出した。

野分のまたの日こそ

激《はげ》しい風にあおられて、紙はバタバタ揺《ゆ》れた。
意味を考えていると、紙は手から離《はな》れ、
風に乗って、空に舞《ま》い上がる。
そして見る見るうちに視界《しかい》から消えていった。
ボクはその様子をぼんやり見送る。
ふいに頭の中に、
長い髪《かみ》の17〜18歳《さい》くらいの女の人が、
その様子をいっしょに見ている姿《すがた》が浮《う》かんだ。
「どこへ飛んでいくのでしょう」
そんな声さえも聞えた気がした。

不思議《ふしぎ》な気分のまま家に着くなり、母に手伝いを頼《たの》まれた。

「台風が来る前に、自転車にカバーを掛《か》けて、しっかり紐《ひも》で結んでちょうだい」

母はボクといっしょに庭に出て、飛びそうな物を家の中にしまっていた。

「今日は早く帰れてよかったわね」

母はそう言いながら、キビキビ動いている。

家の中に入ってもボクはまだ何となく上《うわ》の空《そら》で、窓《まど》の外を見ていた。

「宿題が出たんだ。古文。『野分《のわき》のまたの日こそ』って、どういう意味?」

母はニコッと笑いながら、「自分で調べなさい」と言った。

風雨は一晩中《ひとばんじゅう》吹《ふ》き荒《あ》れた。

しかし強い風も、朝には収《おさ》まっていた。

自転車のカバーは強風にあおられて、

まるでボロ布《ぬの》をまとったみたいだ。

自転車はほとんどむき出しになっていた。

自転車のカゴには、

わざとしたかのように、

木《こ》の葉《は》が吹《ふ》き入れられている。

その中に折りたたまれた紙が入っていた。

広げてみると昨日《きのう》風に飛ばされていったはずの、あの紙だった。

『野分《のわき》のまたの日こそ、いみじうあはれにをかしけれ』と書かれた後《あと》に、『格子《こうし》の壺《つぼ》などに、木《こ》の葉《は》をことさらにしたらむやうにこまごまと吹《ふ》き入れたるこそ、荒《あら》かりつる風のしわざとは覚《おぼ》えね』と流れるような文字で書き加えられていた。

「ふふふ」

耳元で小さく笑う声と衣《きぬ》ずれの音が、湿《しめ》った風とともにボクの横を通り過《す》ぎた。

秋

10月

怪談《かいだん》

黒葡萄《くろぶどう》

午後の面会時間。

病院の談話室は見舞《みま》い客でいっぱいだった。

談話室からは、秋の柔《やわ》らかな日ざしと

色づきはじめた木々が見える。

病院とは思えない明るい雰囲気《ふんいき》の部屋なので、

お見舞《みま》いに訪《おとず》れる人にも、

入院患者《かんじゃ》にも人気があるそうだ。

「病室へ戻《もど》ろうか」

人でいっぱいなので、ゆっくり話ができる感じがしない。

わたしの提案《ていあん》に、お見舞《みま》いに来た友だちが、頷《うなず》いた。

病棟《びょうとう》へのエレベーター前で、
上ボタンを押《お》して待っていると、
下りてきたエレベーターのドアが開いた。

中には看護師《かんごし》さんが二人《ふたり》。

ストレッチャーを挟《はさ》むように乗っていた。

「あっ」

看護師《かんごし》さんの口から小さい声が漏《も》れた。

「ごめんね。次のエレベーターがすぐ来るから」

看護師《かんごし》さんが早口で言う。

扉《とびら》が閉まった。

談話室と違《ちが》い、病棟《びょうとう》は静まりかえっていた。
わたしが入院している四人部屋には、わたしのほかにもう一人《ひとり》、
おばあさんがいるだけで、いつも静かだ。
おばあさんのベッドの周りは、
カーテンが閉まっているので、
昼寝《ひるね》をしているのかもしれない。
わたしは音を立てないように注意しながら、
ベッドの傍《そば》に折りたたみ椅子《いす》を広げた。
友だちも察して、いたずらっぽくくちびるの前に指を当てた。
わたしたちは小声で会話した。

わたしが十月のはじめに入院してから、
二週間が過《す》ぎようとしていた。
「次の検査《けんさ》結果がよければ退院《たいいん》できるかも」
そう話すと友だちはとても喜んでくれた。
友だちはわたしが入院している間、
時間をつくってはお見舞《みま》いに来てくれた。
学校の様子や授業《じゅぎょう》の進み具合を、
教えてくれるのはとても助かる。
いや、それより正直《しょうじき》に言えば、
自分のことを気にかけてくれる友だちがいることがとてもうれしかった。

退院《たいいん》したら、自分も友だちにもっと親切にしよう。
たわいのないおしゃべりをしているうち、
知らず知らず声が大きくなっていたのかもしれない。
「これ召《め》し上《あ》がって」
隣《となり》のベッドから突然《とつぜん》、声をかけられた。
わたしたちは、驚《おどろ》いて言葉を止めた。
友だちの後《うし》ろ、淡《あわ》い緑色のカーテンのすき間から、
おばあさんの小さい手が覗《のぞ》いていた。
手のひらには、大きな葡萄《ぶどう》が一房《ひとふさ》載《の》っている。
熟《じゅく》した葡萄《ぶどう》の甘《あま》い香りが病室に強く漂《ただよ》った。

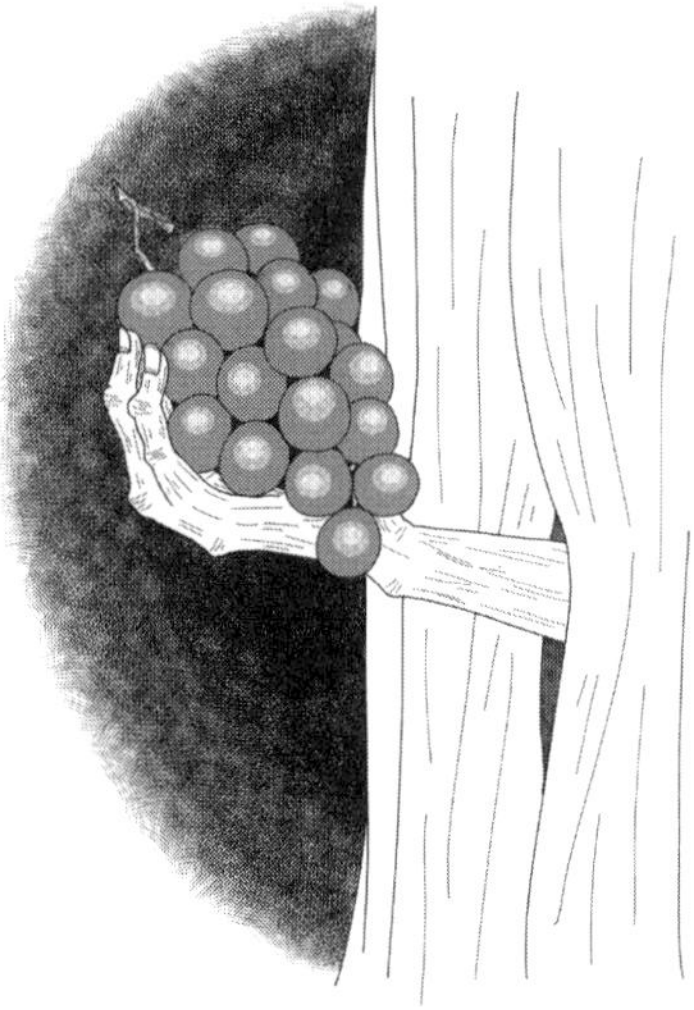

友だちは体をひねり、マジマジとその葡萄《ぶどう》を見つめている。

濃《こ》い紫《むらさき》というより黒に見える見事な葡萄《ぶどう》は

おばあさんの白い手にも紫《むらさき》の影《かげ》を落としていた。

葡萄《ぶどう》の艶《あで》やかさと比《くら》べて、その手はカサカサに乾《かわ》いて見えた。

「さあ。どうぞ」

小さい声が重《かさ》ねて勧《すす》める。

友だちが困《こま》った目をわたしに向けた。

「どうしよう」

友だちの目がそう言っている。

わたしも困惑《こんわく》していた。

隣《となり》のベッドのおばあさんとは、

今まで話したこともなかった。

医師《いし》の質問《しつもん》に答えるおばあさんの声はとても小さくて、

こんなにはっきり聞えたことはない。

友だちのすぐ横に差し出された手が、

ゆっくり近づいてきている。

葡萄《ぶどう》の甘《あま》い香りに交《ま》じり、お香のような匂《にお》いが強く、鼻についた。

友だちは椅子《いす》から腰《こし》を浮《う》かせた。

ガタン

椅子《いす》が音を立てた。

友だちがわたしの手を引いた。

「外に出よう」

「ごめんなさい。頂《いただ》けません」

わたしはやっとそれだけ言うと、

友だちと病室を飛び出した。

ナースステーションの前で、呼吸《こきゅう》を整えていると、

顔見知りの看護師《かんごし》さんと清掃《せいそう》の人がのんびり廊下《ろうか》を歩いてきた。

「あら、こんにちは。談話室はいっぱいなの？」

看護師《かんごし》さんが明るく話しかけてくる。

わたしたちはぎこちなく挨拶《あいさつ》を返した。

清掃《せいそう》の人はカートを押《お》しながら、
わたしの病室の方へ向かっていく。

看護師《かんごし》さんがわたしの顔を覗《のぞ》き込《こ》んだ。

「顔色がよくないわ。お部屋の掃除《そうじ》が終わったら、
ベッドに戻《もど》って、お話しすれば」

「部屋で話すと、お隣《となり》に迷惑《めいわく》だから・・・」

看護師《かんごし》さんはナースステーションに入りながら呟《つぶや》いた。

「もう、あなた一人《ひとり》だから大丈夫《だいじょうぶ》よ」

秋

10月

怪談《かいだん》

十三夜

江戸時代、江戸や京、大坂などの城下町には、
町と町の境界《きょうかい》に木戸があった。
木戸の横には番小屋があり、番人が住んでいる。
木戸の番人だから略《りゃく》して「木戸番」。
主《おも》な務《つと》めは夜四つ（午後十時頃《ごろ》）に、木戸を閉めること。
これは盗賊《とうぞく》や不審者《ふしんしゃ》の通行を見張《みは》り、
逃走《とうそう》を防《ふせ》ぐ防犯《ぼうはん》の意味があった。
木戸番は大抵《たいてい》、年配《ねんぱい》の男性《だんせい》で、
番小屋で草鞋《わらじ》や駄菓子《だがし》を商《あきな》いながら、番人を務《つと》めていた。
子どもたちの世界には、完全ではないが、

ある程度《ていど》の見守りがあったそうである。
これはそんな時代の物語である。
旧暦《きゅうれき》の九月十三日（現代の十月下旬頃《げじゅんごろ》）の夜を「十三夜」という。
十三夜は旧暦《きゅうれき》の八月（現代の九月頃《ごろ》）「十五夜」と並《なら》ぶ名月の晩《ばん》で、
人々はお供《そな》えをして、月見を楽しむ。
月が煌々《こうこう》と輝《かがや》く十三夜。
庶民《しょみん》の子どもだけに許《ゆる》された遊びがある。
影踏《かげふ》みだ。
暮《くれ》六つから遅《おそ》くとも宵《よい》五つまで、
現代の時刻《じこく》でいうと午後六時頃《ごろ》から午後八時頃《ごろ》まで。

子どもたちは組をつくり、はやし歌を歌いながら影《かげ》踏《ふ》みをする。
「影《かげ》や道陸神《どうろくじん》　十三夜のぼた餅《もち》」
月明かりが照《て》らす通りをそう歌いながら、
子どもたちは、お互いの影《かげ》を踏《ふ》みあう。
影《かげ》を踏《ふ》まれた者を鬼《おに》として、鬼《おに》ごっこになることもあった。
踏《ふ》むのは子どもどうしだけではなく、
競うように通りかかる大人《おとな》の影《かげ》を踏《ふ》み、
すばやく逃《に》げることも多かった。
「こらっ」
影《かげ》を踏《ふ》まれた大人《おとな》が、声を荒《あら》らげることもあるが、誰《だれ》も真剣《しんけん》に怒《おこ》ってはいない。
町内の顔見知りの子どもである。
ほとんどの大人《おとな》は、苦笑《にがわら》いをするだけ。
「あまり遠くへ行くなよ」
遊びに夢中《むちゅう》な子どもたちを気にして、
後《うし》ろ姿《すがた》にそう声をかける者もいた。
しかし中には
「影《かげ》を踏《ふ》まれると縁起《えんぎ》が悪い」と言って、
子どもたちの歌声が聞え、姿《すがた》が見えると、
影《かげ》を踏《ふ》まれないよう物陰《ものかげ》に逃《に》げる者もいた。

若《わか》い娘《むすめ》やおしゃれな身なりをした若者《わかもの》などは、履《は》き物《もの》でも踏《ふ》まれてはたまらないと、子どもたちを避《さ》けた。

「へっ。弱虫め」

文吉《ぶんきち》は影《かげ》を踏《ふ》まれまいと、大店《おおだな》の庇《ひさし》の下に逃《に》げた若者《わかもの》を笑いながら、仲間たちの方へ振《ふ》り向《む》いた。

文吉《ぶんきち》は数え十三歳《さい》だが、年の割に体が大きく、この町のガキ大将《だいしょう》だ。手習所《てならいじょ》でも年長者で、来年は奉公《ほうこう》に出ることが決まっていた。影踏《かげふ》み遊びに興《きょう》じるのも、今年が最後だった。

自分の町内の通りは、ほとんど巡《めぐ》ってしまって、文吉《ぶんきち》は遊び足《た》りない思いにかられた。

文吉《ぶんきち》は仲間たちを見回しながら言った。

「どうだい。これから隣町《となりまち》まで行かないか」

月見で踏《ふ》んだ大人《おとな》の影《かげ》の数を、指で数えているうちに思いついたのだ。

「隣町《となりまち》の奴らの影《かげ》も、踏《ふ》んでやろうじゃないか」

隣町《となりまち》の子どもたちとは手習所《てならいじょ》でいっしょだ。

「喧嘩《けんか》するほど仲がいい」という諺《ことわざ》のように、隣町《となりまち》の子ども組とは、事あるごとに、どちらが凄《すご》いかと競争している。

「まさか隣町《となりまち》から影《かげ》踏《ふ》みに来るとは思わないだろう。

どうだい、いい考えだろう」

文吉《ぶんきち》はにやりと笑った。

「遠くに行くとおとうに叱《しか》られる」

「うちもおっかあがこわい」

文吉《ぶんきち》が予想したとおり、年齢《ねんれい》が小さい子どもたちはおどおどと不安そうだ。

「いいさ。ちびたちは帰りな。

明日、手習所《てならいじょ》でどんな様子だったたか、教えてやるから。

まさ公《こう》、ちびたちを長屋まで送りな。

それからお前は、俺《おれ》たちを追っかけてこいよ」

文吉《ぶんきち》がいっぱしの親分気取りでそう言うと、
子ども組は二つに分かれた。

文吉《ぶんきち》に従《したが》うのは十を越《こ》えた男の子が三人ばかり。

小さい子どもと女の子たちは、政次《まさじ》に送られて長屋に戻《もど》った。
文吉《ぶんきち》たちは木戸を通り、隣町《となりまち》に入った。
文吉《ぶんきち》は木戸番の老人と仲良しだった。
手《て》習所《ならいじょ》の行き帰りに話をする。
夜にもかかわらず、隣町《となりまち》に行こうと文吉《ぶんきち》が言い出したのは、
その木戸番の存在《そんざい》が大きい。
仮《かり》に何か思いがけないことが起こったとしても、
自分たちがここを通ったことを木戸番が知っている。
大事にはならないだろう。
まだ宵《よい》の口《くち》なので番小屋の戸は開いているはずだったが、

冷《つめ》たい風が入るのを嫌《きら》ってか、その晩《ばん》、戸は閉まっていた。

「隣町《となりまち》の文吉《ぶんきち》だ。じいちゃん、通るよ」

文吉《ぶんきち》は念のため、戸越《とご》しに声をかけた。

返事を待たずに四人は番小屋を通り過《す》ぎた。

隣町《となりまち》は自分たちの町よりも、人通りが少ないように見えた。

冴《さ》えた月が、誰《だれ》もいない大通りを照《て》らしている。

文吉《ぶんきち》は当てが外《はず》れてがっかりしたが、

気を取り直し、声を張《は》り上げて歌った。

「影《かげ》や道陸神《どうろくじん》　十三夜のぼた餅《もち》」

三人も声を合わせる。

と、同時にパタパタと通りの先を路地に走り込《こ》む人影《かげ》が見えた。

「それっ。行くぞ」

文吉《ぶんきち》たちは歌いながら、通りを走った。

「文《ぶん》ちゃん。あんまり走ると政次《まさじ》が追いつけないよ」

「じゃあ。お前はここで待っててやれ。

木戸からは一本道だから、まさ公《こう》もわかるだろ」

「一人《ひとり》で待つのはいやだ」

「何言ってんだ。こんなに明るい晩《ばん》じゃないか。

それに番小屋もすぐ後《うし》ろだろ」

その時、通りをへだてた横の方から、

自分たちとは違《ちが》う歌声が聞えてきた。

「隣町《となりまち》の子ども組だ」

文吉《ぶんきち》はそう言うと一人《ひとり》で飛び出した。

「文《ぶん》ちゃん、待ってよ」

文吉《ぶんきち》の後《あと》をもう一人《ひとり》が追って走る。

あとの二人《ふたり》は何かに怖気《おじけ》づいたように、その場に立ちつくしていた。

「影《かげ》や道陸神《どうろくじん》〜」

歌声を追った文吉《ぶんきち》たち二人《ふたり》は悩《なや》んでいた。

隣町《となりまち》の大通りは何度も通ったことがある。

しかし、長屋のある路地は詳《くわ》しくわからない。

歌声は二人《ふたり》を翻弄《ほんろう》するように、

右に左に路地を進んでいるようだった。

追いついたと思うと、真逆《まぎゃく》の方向から歌が聞えてくる。

「文《ぶん》ちゃん。戻《もど》ろう。もう走れない」

路地の切れ目から大通りが見えた時、

文吉《ぶんきち》といっしょに走っていた庄太《しょうた》が足を止めた。

「大通りが見える。ここから帰ろう」

「お前は帰りな。俺《おれ》はもう少し追っかける。

ここまで来てバカにされたままじゃ、癪《しゃく》に障《さわ》って帰れない」

文吉《ぶんきち》の言葉が聞えたかのように、

あざけるような笑い声交《ま》じりの歌声がすぐ近くで響《ひび》いた。
文吉《ぶんきち》は汗《あせ》が冷《つめ》たくなるほどゾッとしたが、
生来《せいらい》の負《ま》けず嫌《ぎら》いが、胸《むね》に沸《わ》き起こった。
「俺《おれ》は行くぞ。影《かげ》や道陸神《どうろくじん》〜」
文吉《ぶんきち》は大声で歌いながら、暗い路地へと飛《と》び込《こ》んでいった。
文吉《ぶんきち》の行方《ゆくえ》はそれきりわからない。

十三夜の影《かげ》踏《ふ》みは、明治三十年代まで続いたようだが、
いつの間にか廃《すた》れていった。

秋

10月

怪談《かいだん》

虫集《すだ》く

肌寒《はださむ》さを覚《おぼ》えて、わたしは目を覚《さ》ました。

暗い窓《まど》を打つ雨音が聞える。

時雨《しぐれ》が降《ふ》っている。

季節の変わり目に降《ふ》る通り雨が、

室内の温度を急に下げたらしい。

わたしは膝《ひざ》の辺《あた》りに丸まった薄《うす》い毛布《もうふ》を、

手探《てさぐ》りで胸元《むなもと》まで引き上げた。

周囲は静まりかえっている。

まだ朝までは十分時間がありそうだ。

わたしは目を閉じ、眠《ねむ》りについた。

ティリリ　リリリ

突然《とつぜん》、聞えた音がわたしを眠《ねむ》りから引き戻《もど》した。

「スマホが鳴ってる?」

わたしは泳ぐように体を起こすと、

半開きの目でスマホを探《さが》した。

スマホはベッドの向かい側、

収納《しゅうのう》ボックスの上に置いてある。

「こんな夜中に誰《だれ》?」

探《さが》し当てたスマホの画面は暗く、

着信は一件《いっけん》も無かった。

「寝《ね》ぼけたのかな」

わたしは再《ふたた》びベッドに戻《もど》り、目を閉じた。

どれくらい時間が経《た》っただろう。

ティリリ　リリリ

再《ふたた》び音が聞え、わたしは目を覚《さ》ました。

横になったまま耳を澄《す》ませた。

やがて複数《ふくすう》の小さな音が絡《から》み合《あ》い、

複雑《ふくざつ》なハーモニーを奏《かな》ではじめた。

「これは虫の声だ」

時雨《しぐれ》が止《や》んで、虫が鳴いているのだろう。

虫の声なら、
このまま目を閉じていればいい。
わたしは安心し、
肩《かた》の力を抜《ぬ》いて、深《しん》呼《こ》吸《きゅう》をする。
耳元に寂《さび》しげな虫たちの合唱《がっしょう》が聞えていた。
わたしはウトウトしながら、
幼《おさな》い頃《ころ》の記《き》憶《おく》を思い浮《う》かべていた。
子ども心にも、秋に鳴く虫たちの声は
どこか寂《さび》しく、悲しい感じがした。
「虫はなんて言って鳴いてるの？」

「肩《かた》サセ裾《すそ》サセ　つづれサセ。
冬に備《そな》えて衣《ころも》の綻《ほころ》びを縫《ぬ》いなさい」
そう教えてくれたのは母だ。
うつむき加減《かげん》に、白い布《ぬの》を縫《ぬ》う母の姿《すがた》が
頭の中にぼんやり浮《う》かぶ。
夢《ゆめ》を見ているのかもしれない。
わたしは進学で家を出てから、
そのまま都会で就職《しゅうしょく》した。
やがて母が亡《な》くなり、今、父は一人《ひとり》で暮《く》らしている。
毎日の忙《いそが》しさに紛《まぎ》れて、

故郷《こきょう》へは、ずっと帰っていない。

日々の生活からは、自然の音が消えていた。

でも今は虫の音が柔《やわ》らかく周囲に響《ひび》いている。

「虫の音？」

ふと違和感《いわかん》を覚《おぼ》えた。

今まで、この部屋で虫の音を
聞いたことがあっただろうか。

大都会の真ん中ではないが、
商店やビルが並《なら》ぶ雑然《ざつぜん》とした町の中にある
鉄筋《てっきん》コンクリートづくりのマンションの一室だ。

窓《まど》を開けば、町の雑踏《ざっとう》しか聞えない。
ここは、自然の音からは縁遠《えんどお》い部屋だった。
「きっと深夜だから、遠くの音が聞えてくるんだ」
わたしはそう考えることにした。
虫の音はひっきりなしに耳元で響《ひび》く。
かさり
かさり
何かがわたしの頬《ほほ》に触《ふ》れた。
猫《ねこ》のヒゲのような、細い微《かす》かな感触《かんしょく》。
ペットは飼《か》っていない。

何かが部屋にいる？
いや、すぐ横にいる！
友人の言葉を思い出す。
夜中に目を覚《さ》ますと「ゴキブリ」が、
部屋の中を我《わ》が物顔《ものがお》に歩いていたという。
額《ひたい》に冷《つめ》たい汗《あせ》が浮《う》かんだ。
虫の音は遠くから聞えているとして、
近くには好《この》ましくない虫がいるのかもしれない。
「灯《あか》りをつけてみよう」
薄《うす》く目を開き、暗やみに目を慣《な》らす。

外に面した窓《まど》。
遮光《しゃこう》カーテンのすき間から細い光が微《かす》かに差《さ》し込《こ》んでいる。
「雨が止《や》んで月が出たのか」
光の中にゆらゆらと小さい黒い影《かげ》が揺《ゆ》らめいた。
ベッドの脇《わき》に置いてある
LED《エルイーディー》ライトのスイッチを入れる。
わたしは思わず口を覆《おお》った。
部屋の壁《かべ》、床《ゆか》にびっしりと
虫たちが触角《しょっかく》や羽《はね》を揺《ゆ》らし、
思い思いの音を奏《かな》でていた。

ベッドに体を起こしたわたしに驚《おどろ》いたのか、ぴょんぴょん跳《は》ね回る虫もいた。

「どうしよう」

そんなわたしをとがめるように、虫たちはいっそう高く声を張《は》り上げた。

突然《とつぜん》スマホが光りながら振動《しんどう》した。

急いで手に取り、画面を見る。

浮《う》かび上がる文字が、父の死を伝えていた。

すん

周囲から全ての音が消え、
夜の闇《やみ》が静寂《せいじゃく》をのみ込《こ》んでいった。

秋 11月

怪談《かいだん》

散《ち》り紅葉《もみじ》

今は昔、応仁《おうにん》の乱《らん》で荒廃《こうはい》したとはいえ、

京の都は、商業の中心であることに変わりはない。

戦いの無い日の市《いち》は賑《にぎ》わっていた。

十一月下旬《げじゅん》。

冷《つめ》たい風に紅葉《もみじ》が散《ち》りはじめていた。

「おじさん、薬師《くすし》だろ」

弥次郎《やじろう》が市《いち》を歩いていると、袖《そで》を引く子どもがいた。

汚《よご》れた水干《すいかん》を着ているが、まるまると健康そうで、

手足もしっかりしている。

飢《う》えた物乞《ものご》いには見えない。

腰《こし》には、刀の代《か》わりとでも言いたげに、紅葉《もみじ》の枝《えだ》を挿《さ》していた。

「そうだが・・・」

弥次郎《やじろう》は答えてから、少し後悔《こうかい》した。

近頃《ちかごろ》の都は長い戦乱《せんらん》のせいで、人々の心は荒《あ》れていた。

夜盗《やとう》、白昼堂々《はくちゅうどうどう》の追剥《おいはぎ》など、怪《あや》しい者がうろついているという噂《うわさ》だ。

子どもとはいえ、油断《ゆだん》は禁物《きんもつ》だ。

「家に来ておくれ。主《あるじ》が病気だ」

弥次郎《やじろう》はためらった。

この子どもが物盗《ものと》りとは思えないが、
人のいない場所に、誘《さそ》い出す目的かもしれない。

「なあ、お願いだ」
子どもは真剣《しんけん》なまなざしで弥次郎《やじろう》を見つめている。
弥次郎《やじろう》はあらためて、自分を顧《かえり》みた。
自分は身分も官位もない薬師《くすし》である。
たった九坪《つぼ》にも満《み》たない土地に粗末《そまつ》な小屋を建《た》て、住んでいる。
財産《ざいさん》は、手にした薬籠《やくろう》だけ。
中には生薬《しょうやく》が数種類。
盗《と》られて困《こま》るのは、命くらいのものだ。
病人がいるなら、行くべきではないか。
「行こうか。しかし、わたしはただの薬師《くすし》だ。

疱瘡《ほうそう》のような重い病《やまい》は治《なお》せないよ」

「ありがとう。さあ、こっち。ついてきて。

俺《おれ》の名前は、たけ丸《まる》」

子どもは嬉《うれ》しさで小躍《こおど》りしながら、

先に立って、弥次郎《やじろう》を案内した。

屋敷《やしき》は荒《あ》れていたが、公家《くげ》の屋敷《やしき》のようだ。

かつて立派《りっぱ》に整えられていた庭の名残《なごり》であろうか、

美しい紅葉《もみじ》がそこここに散《ち》っていた。

人が住めそうな部屋の縁《えん》まで来ると、たけ丸《まる》が言った。

「主《あるじ》は、この座敷《ざしき》にいる。

縁《えん》から上がって、どうぞ診《み》てやってください」

「お前は行かぬのか」と弥次郎《やじろう》が問《と》う前に、

たけ丸《まる》は家の裏手《うらて》に駆《か》け出して行った。

「誰《たれ》そ」

障子《しょうじ》の奥《おく》から、病人のか細い声が聞えた。

弥次郎《やじろう》は縁側《えんがわ》に駆《か》け上《あ》がり、障子《しょうじ》を開けた。

破《やぶ》れた几帳《きちょう》ごしに薄《うす》い着物を掛《か》け、

横たわる姿《すがた》が見えた。

髪《かみ》が長い。女人のようだ。

「わたしは薬師《くすし》です。たけ丸《まる》に呼《よ》ばれて参上しました。

他に家の方はいらっしゃいませんか」

病人がハッと息をのんだ。

「誰《だれ》もおりませぬ。わたしも病重《やまいおも》く、

もう薬は無用の身と存《ぞん》じます」

病人は力を振《ふ》り絞《しぼ》るように起き上がり、

襟《えり》を整えると、弥次郎《やじろう》に向かい、頭を垂《た》れた。

「いらしてくださり、お礼《れい》申し上げます」

その顔は青白く、すでに死相が現れている。

弥次郎《やじろう》はたじろぎ、言葉を失《な》くした。

「我《わ》が身《み》は、かつて室町殿《むろまちどの》に仕《つか》えた身。

今は浅ましい姿《すがた》にて、
お恥《は》ずかしいことでございます」
女人の落ちくぼんだ瞳《ひとみ》の奥《おく》に、
妖《あや》しい光が輝《かがや》いた。
やつれているとはいえ、病《やまい》を得る前は、
たいそう美しかったと想像《そうぞう》できた。
「薬師殿《くすしどの》、あなたはわたしの最後の願いを、聞いてくださいますか」
弥次郎《やじろう》は全身に水を浴《あ》びたように、ぞくりとした。
世には心の迷《まよ》いや執着《しゅうちゃく》から鬼《おに》となる者がいると聞く。
紅葉《もみじ》という名の美しい女人が、鬼女《きじょ》となったそうだ。

そんな噂話《うわさばなし》を思い出した。

目の前の女人も鬼《おに》ではないだろうか。

弥次郎《やじろう》の迷《まよ》いを見透《みす》かすように、
女人は微《かす》かに口元を緩《ゆる》めた。

「恐《おそ》ろしいことではございませぬ。

あれをお傍《そば》においてやってほしいのです」

「あれとは・・・」

「たけ丸《まる》です」

「わたしは従者《じゅうしゃ》を抱《かか》える余裕《よゆう》がありません。

まして子どもなど・・・貧《まず》しいゆえ」

弥次郎《やじろう》は正直《しょうじき》に答えた。

「たけ丸《まる》が童《わらべ》に見えますか」

女人は、嬉《うれ》しそうに微笑《ほほえ》んだ。

床《とこ》の下から錦《にしき》の包《つつ》みを出し、

弥次郎《やじろう》に向けて差し出した。

「これを差し上げます。たけ丸《まる》は賢《かしこ》いゆえ、

夜盗《やとう》が手懐《てなず》けようと、毎夜、食を与《あた》えているのです。

どうか、たけ丸《まる》を連れて早く逃《に》げてくだされ」

そこまで言うと、女人は力を使《つか》い果《は》たしたように、

ぐったりと仰向《あおむ》けに倒《たお》れた。

「もし。もし」

女人は、すでに息絶《いきた》えていた。

数日前には亡《な》くなっていたらしい。

気づくと座《ざ》敷中《しきじゅう》、香と、酸《す》いような死臭《ししゅう》で満《み》ちている。

弥次郎《やじろう》は錦《にしき》の包《つつ》みを手に取った。

ずっしり重い。

それは砂金《さきん》だった。

このまま逃《に》げてしまっても・・・。

赤い涙《なみだ》が一筋《ひとすじ》、死者の目から流れた。

恐《おそ》ろしさと哀《あわ》れさで胸《むね》が詰《つ》まった。

弥次郎《やじろう》は死者に手を合わせると、
家の裏手《うらて》に回り、たけ丸《まる》の名を呼《よ》んだ。
若犬《わかいぬ》が駆《か》け寄《よ》ってきた。
犬の首にはお守りのように綾《あや》の紐《ひも》が、巻《ま》いてある。
紐《ひも》には紅葉《もみじ》の小枝《こえだ》が結ばれていた。
弥次郎《やじろう》は犬に錦《にしき》の包《つつ》みを見せた。
犬は寂《さび》しそうに、鼻を鳴らしたが、
弥次郎《やじろう》をつぶらな瞳《ひとみ》で見上げ、尾《お》を振《ふ》った。
太陽が傾《かたむ》きはじめている。
夜の都はおそろしい。

振《ふ》りかえり、もう一度静かに手を合わせる。

「さあ。共に行こう」

弥次郎《やじろう》はたけ丸《まる》を連れ、屋敷《やしき》を後《あと》に小路《こみち》を歩き出した。

秋

11月

怪談《かいだん》

木《こ》枯《が》らし

冷《つめ》たい北風が落ち葉を舞《ま》い上げる。
時おり、高い空でかん高く風が鳴った。
通学路の途中《とちゅう》。
町はずれにある歩道橋の上は、風を遮《さえぎ》るものがない。
吹《ふ》きさらしなので、とても寒い。
歩道橋の近くには人家が少なく、
お年寄《としよ》りが三郎森と呼《よ》んでいる
こんもりした森があるだけの、寂《さび》しい場所だ。
いつもここを通る時は、背中《せなか》を丸め、
うつむきながら、足早になる。

「日が暮《く》れるの、早くなったね」

「そうだね、それに寒くなったね」

十一月の部活帰り。

わたしは友だちと二人《ふたり》で歩道橋を渡《わた》っていた。

歩道橋の真ん中からは、北西の方向に群青色《ぐんじょういろ》をした山の連《つら》なりが見える。

夕日はすでに山の陰《かげ》に落ちて、わずかに赤い光を残しているだけ。

辺《あた》りは黄昏《たそがれ》に包《つつ》まれていた。

下に降《お》りる階段《かいだん》の手前で、ふいに友だちは

わたしの方にぶつかるように身を寄《よ》せた。

スマホの画面を見ていたわたしは、
びっくりして立ち止まった。

わたしは顔を上げ、友だちに尋《たず》ねた。

「どうしたの？」

「ごめん、ぶつかりそうだったから」

歩道橋にはわたしたちだけだ。

「誰《だれ》もいないよ」

「うん、気のせいだね」

風がいっそう強く吹《ふ》いて、歩道橋を揺《ゆ》らした。

翌日《よくじつ》の夕方、わたしたちは、
同じように歩道橋を渡《わた》っていた。
今日も冷《つめ》たい木枯《こが》らしが吹《ふ》いている。
落ち葉が歩道橋の上で、くるくる渦《うず》を巻《ま》いていた。
わたしたちの前に同じ学校の男子が数人、
話しながら歩いている。
知り合いではないので、
わたしたちは距離《きょり》をあけて、
男子たちの後《うし》ろを歩いていた。
「わっ、何だよ。急に」

男子の声で、わたしたちは足を止めた。

下《くだ》り階段《かいだん》の手前、
昨日《きのう》、友だちがわたしにしがみついた辺《あた》りだ。

男子たちは立ち止まり、ザワザワしている。

「何もいないって、気のせいだろ」

「ビビりだな」

「撮《と》ってみる？」

スマホのフラッシュが三回光った。

彼《かれ》らはスマホを覗《のぞ》き込《こ》んでいたが、
次の瞬間《しゅんかん》。

一斉《いっせい》に階段《かいだん》を駆《か》け下《お》りていった。
友だちがわたしの腕《うで》をつかんだ。
「どうしたの？」
友だちは脅《おび》えている。
無言だが、まなざしは何かをとらえているようだ。
わたしは友だちの視線《しせん》の先に目を凝《こ》らした。
歩道橋の先のうす暗い空間。
そこに砂嵐《すなあらし》のようにザラザラした何かが渦《うず》を巻《ま》いている。
人の身長くらいの渦巻《うずまき》が、
落ち葉を巻《ま》き上げているように見えた。

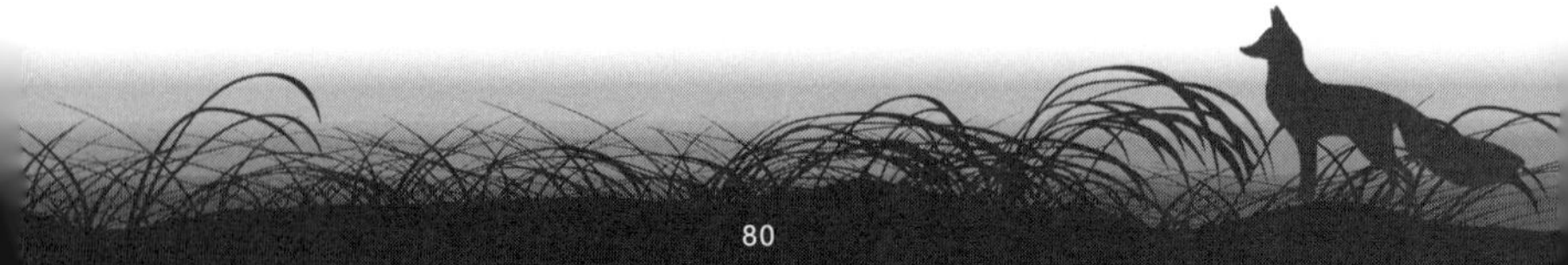

「つむじ風かな」

わたしの呟《つぶや》きに、友だちが首を横に振《ふ》る。

「じゃあ何？」

「わからない」

わたしたちの会話が聞えたのか。

ザラザラの渦巻《うずまき》はゆっくりと、
少しずつこちらに移動しているようだった。

渦巻《うずまき》の中には、白いリボンのようなものが回っている。

友だちが決心したように言った。

「信じてもらえないかもしれないけど、

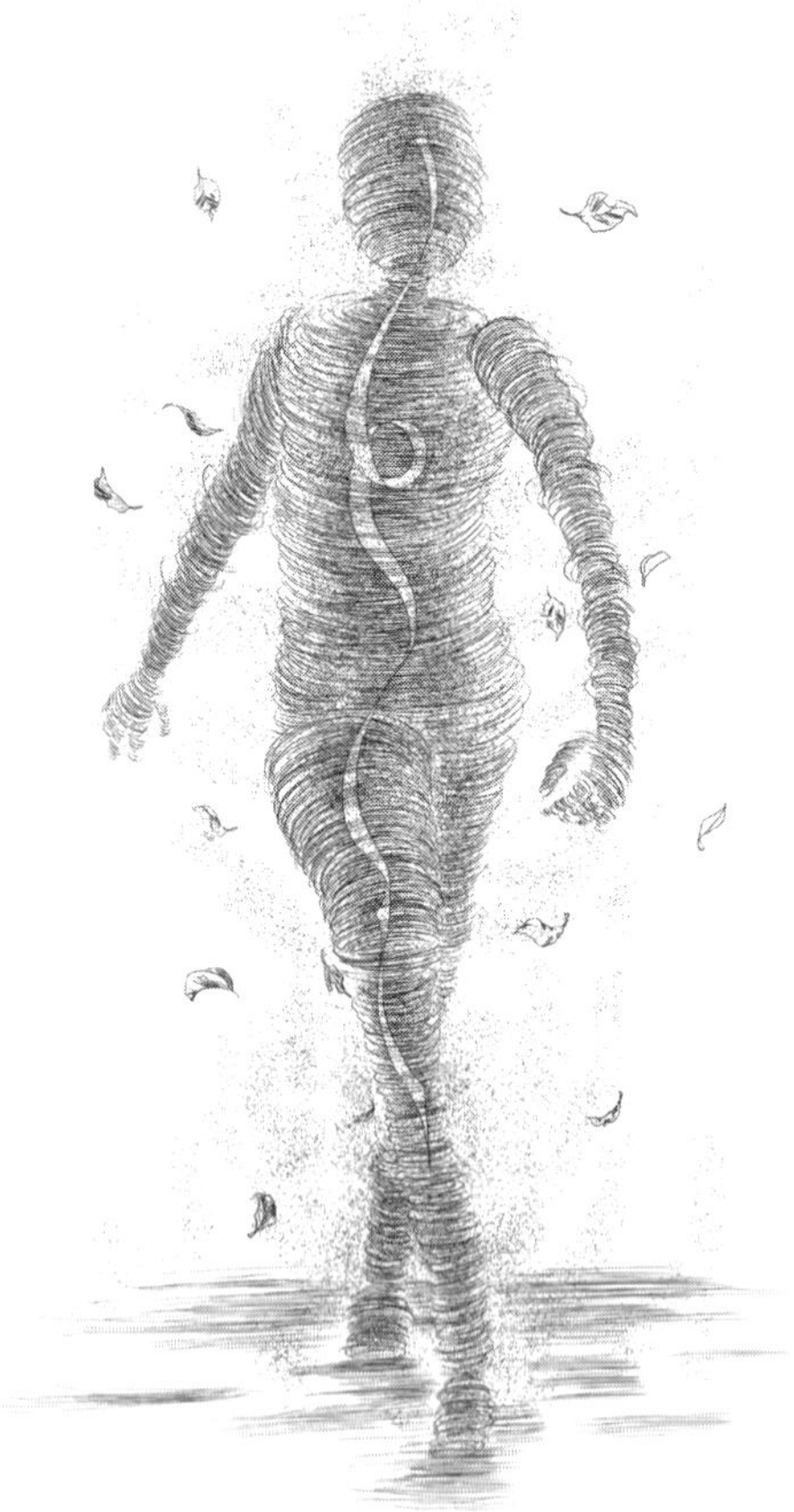

おばあちゃんが言ってたの。
あれは木枯《こが》らしが吹《ふ》く頃《ころ》に、
突然《とつぜん》、現れるものだって」
友だちの言葉に驚《おどろ》く。
「でも横を静かに通れば、何でもないって言ってた」
確かに気味が悪いけれど、
襲《おそ》いかかってくるような感じはない。
その気配はただじっと、寂《さび》しげに、
こちらを見ているようだった。
「行こう」

わたしたちは先へ進むことにした。

友だちが「風」側に立った。

「あれとすれ違《ちが》う時には、ぶつからないようにね」

「うん」

背中《せなか》を丸めて、うつむき加減《かげん》に足を早める。

「何も見えない。何もいない」

わたしは頭の中でくり返した。

ひゅうひゅう

かん高い風の音は、

まるで泣いているようだ。

頭の中に、たった一人《ひとり》で広い枯野《かれの》をさすらうイメージが浮《う》かぶ。
寂《さび》しさが胸《むね》に広がった。

どんっ

友だちが体を寄《よ》せてきた。
二人《ふたり》で身を寄《よ》せ合って歩く。
無事に階段《かいだん》を下りきった時には、
どっと疲《つか》れが押《お》し寄《よ》せた。
分かれ道まで来ると、
友だちに笑顔が戻《もど》った。
家に着き、玄関《げんかん》を開ける。

「ただいま」

「おかえり。寒かったでしょう。

あら、風に会ったような顔して」

そう母が言った。

秋

11月

怪談《かいだん》

コタツ

ボクは学生寮《がくせいりょう》に住んでいる。
建物は古い木造《もくぞう》二階建て、台所と風呂《ふろ》は共同だ。
エアコンはもちろん無い。
クラスメイトには同情されている。
いまどき最悪な生活環境《かんきょう》だそうだ。
「もっと環境《かんきょう》のいい部屋に住めば」
と言う友だちもいるが、家賃《やちん》が安くて、学校まで徒歩十分。
ボクには最大の魅力《みりょく》だ。
そんな「最悪」な学生寮《がくせいりょう》だから、住んでいる学生は多くない。
全部で十八部屋あるが、半分は空《あ》き部屋《べや》だ。

ボクと同じ一年生は一人《ひとり》もいない。
全員、上の学年の先輩《せんぱい》ばかりだが、厳格《げんかく》な上下関係はない。
寮長《りょうちょう》はキムラさんという大学院生だった。
キムラさんとは、台所でよく会うので、
親しく話すようになっていた。
寮《りょう》の規則《きそく》に「居室《きょしつ》は火気厳禁《かきげんきん》」がある。
部屋では、灯油《とうゆ》ストーブはもちろん、
電気ストーブさえ使用禁止《きんし》だった。
寮《りょう》が木造《もくぞう》で古いことと、
昭和二十年代にボヤを出したためとのことだ。

寮《りょう》に入った四月は暖《あたた》かく、
寒さ対策《たいさく》について何も考えていなかった。
ボクは寒さに、とても弱い。
寒いと寝《ね》つきが悪く、夜が更《ふ》けるまで眠《ねむ》れない。
その分、朝は寝坊《ねぼう》してしまう。
寝坊《ねぼう》するだけならまだしも、
布団《ふとん》から出るのに時間がかかる。
中学、高校の頃《ころ》は、
「冬の遅刻魔《ちこくま》」というあだ名で呼《よ》ばれていた。
十一月、初霜《はつしも》のおりた朝。

ボクは寝坊《ねぼう》して、十時過《す》ぎまでグズグズしていた。

午前中の授業《じゅぎょう》は諦《あきら》めた。

早めの昼食をつくろうと台所に行くと、キムラさんがいた。

「おはようございます」

「おはよう」

キムラさんは関西の人だ。

話し方に独特《どくとく》のイントネーションがある。

「君、今日は昼からか？」

「いえ、寒くて・・・寝坊《ねぼう》しました。

寒いの苦手《にがて》なんです」

「寒がりやと、火気《かき》厳禁《げんきん》は厳《きび》しいね」

「先輩《せんぱい》たちは、冬はどうしているんですか？」

「俺《おれ》はコタツでしのいでる。

自費でエアコン入れてる人もおるけどね」

「コタツは使ってもオーケーなんですか？」

「そらそうよ。コタツも無かったら、
真冬は凍《こご》えてしまうし」

「コタツか。けっこう高いですよね。

今月は厳《きび》しいから、すぐには買えないな」

「コタツあるよ。君、中古とか気にしない人？」

「え？　平気です。気にしません」

キムラさんは、台所にあるキーボックスを開けて、鍵《かぎ》を出した。

「先月、突然退寮《とつぜんたいりょう》した人がおって、荷物全部残していってな。管理人さんから、ボチボチでええから処分《しょぶん》してくれって頼《たの》まれてるんや」

その部屋には、ほんとうに荷物が全部残されていた。本棚《ほんだな》にも本がそのままで、空《あ》き部屋《べや》なのに、まだ誰《だれ》かが住んでいるようで、少し気味が悪かった。

キムラさんは気にすることなく、ずかずか部屋に入り、
明るく話し続けた。
「ホンマ、急に消えるなら、荷物も持ってけよって思うよな。
そういう所、全然ダメな奴《やつ》やったわ。
片《かた》づける身にもなってほしい」
「お友だちだったんですか？」
「イヤ、友だちじゃないよ。
ただ俺《おれ》は寮《りょう》生活が長いから、何となく知ってるだけ。
これええな。俺《おれ》もこれ貰《もら》っとこ」
そう言いながらキムラさんは

手近にあったヘッドホンを手にした。

「そうや、ついでにコタツ布団《ふとん》も持っていき。今日は晴れてるし、干《ほ》したらすぐ使えるやろ」

ボクはキムラさんの提案《ていあん》にのった。

コタツはきれいだった。

いっしょに貰《もら》ってきたコタツ布団《ふとん》も、心配していたイヤな臭《にお》いや汚《よご》れもなく、干したら新品同様だった。

ボクはコタツを部屋の真ん中に置いた。

机代《つくえが》わりにするつもりだ。

その夜のこと。
すでに日が落ちた頃《ころ》からとても寒く、
冷《ひ》えた空気は部屋にも入り込《こ》んできた。
ボクは夕食を簡単《かんたん》に済《す》ませて、コタツに入った。
そろそろ試験に備《そな》えておかないと。
教科書とノートを開く。
足元から温かい空気が体を包《つつ》む。
コタツを貰《もら》ってよかった。
勉強に集中し、ノートにペンを走らせる。
二時間ほど経《た》っただろうか。

白いノートの上にちらちら黒い影《かげ》がよぎった。
黒い影《かげ》はノートの上を横に行ったり来たりしている。
蛍光灯《けいこうとう》に何か虫のようなものがぶつかっているみたいだ。
目を上げたが、そんなものはいない。
「目が疲《つか》れたかな」
眼鏡《めがね》を外《はず》して、思い切り伸《の》びをする。
そのままコタツに胸《むね》まで潜《もぐ》り込《こ》んだ。
もう少しだけ温まったら・・・。
そう思っているうちに、
ボクはウトウトしていたらしい。

「ねえ」

耳元で子どもの声がした。

びっくりして起き上がろうとする。

胸《むね》がぐいっと押《お》され、起き上がることができない。

これは金縛《かなしば》りってヤツだ。

ボクは半分夢《ゆめ》の中にいるんだ。

そう思った時、もう一度。

「ねえ　遊ぼう」

耳元で聞えたその声は、
途中《とちゅう》から動物が吠《ほ》えるような野太い声になった。

ダンッダンッ

荒々《あらあら》しい音がコタツの天板から聞えた。

その振動《しんどう》は横たわるボクにも伝わってくる。

同時に苦しいくらい強く、胸《むね》が押《お》された。

「やめてくれ。やめろ」

押《お》さえつける何かを跳《は》ねのけようともがくうちに、

手を強く天板にぶつけた。

「痛《いた》い！　夢《ゆめ》じゃないのか」

きゃははは

笑い声が部屋に響《ひび》く。

ボクの顔のすぐ横を
白い靴下《くつした》を履《は》いた小さな足がバタバタと走《はし》り抜《ぬ》けた。
その瞬間《しゅんかん》。
ボクを押《お》さえつけていた力が消えた。
翌朝《よくあさ》、ドアに貼《は》り紙があった。
「空《あ》き部屋《べや》の荷物は、すぐ戻《もど》せ　キムラ」

秋 12月

怪談《かいだん》

事八日《ことようか》

「もしもし、あんた」

登山口で声をかけられた。

振《ふ》りかえると老人が立っていた。

キャップをかぶり、作業服を着ている。

地元の人だろう。

少し離《はな》れた場所に軽トラックが停《と》まっていた。

「今日、山に入るのかね？」

登山口の近くにある神社の社務所《しゃむしょ》は、
登山届《とどけ》を出す窓口《まどぐち》を兼《か》ねていた。

社務所《しゃむしょ》が無人だったので、

ボクは書類に必要事項《ひつようじこう》を書いて、箱《はこ》に入れた。

特に問題はないはずだ。

十二月八日。晴天。午前九時。

ルートは山頂《さんちょう》までの往復《おうふく》。住所、氏名、年齢《ねんれい》。

「登山届《とどけ》は出してあります」

「ああ。あんたが社務所《しゃむしょ》から出てきて、山の口まで歩いていくのを見たから」

ボクを追いかけてきたというのか。

「今日は止めときなさい」

「なぜです?」

「今日は事八日《ことようか》だから。わたしも山仕事をしているが、今日は休みだ」

「事八日《ことようか》ってなんですか?」

老人は仕方《しかた》ないなという顔をした。

「若いもんは知らないだろうが、

昔から事八日《ことようか》には山仕事、農作業をしてはならない。

そういう決まりになってるんだ」

迷信《めいしん》ってこと?

「昔は家の中の仕事もしなかった。

忌《い》み日《び》なんだよ」

ボクは、まだまだ長くなりそうな話にうんざりして、

「すみません。今日しか時間がないので、

ご忠告《ちゅうこく》ありがとうございます」
老人に背《せ》を向けて歩き出した。
昼《ひる》過《す》ぎに山頂《さんちょう》に着いた。
のんびり休憩《きゅうけい》を取ったので、
下山する頃《ころ》には太陽はかなり西に傾《かたむ》いていた。
この山は比《ひ》較的《かくてき》安全で登りやすい。
いつもは他の登山者とすれ違《ちが》うことも多いのに、
今日は不思議《ふしぎ》と誰《だれ》とも出会わない。
ふと朝に出会った老人の言葉を思い出した。
地元の人は今でも言い伝えを守って、

山頂

登らないのかもしれない。
そんなことを考えながら、道を下っていると、
ガサガサ
藪《やぶ》をこぐ音が聞えた。
クマ？　イノシシ？
クマよけ鈴《すず》は付けているが、ぎょっとして身構《みがま》える。
藪《やぶ》から出てきたのは灰色《はいいろ》の作業服の男性《だんせい》だった。
真っ赤なニット帽《ぼう》を目深《まぶか》にかぶっている。
目元が隠《かく》れていて、表情《ひょうじょう》が見えない。
山では挨拶《あいさつ》するのが礼儀《れいぎ》だが、

とっさに言葉が出なかった。

男はブツブツ独《ひと》り言《ごと》を言っていた。

「百三十一、　百三十二・・・数が合わない」

老人は今日、山仕事をする者はいないと言っていたが、

この人は仕事をしているようだ。

「こんにちは」

ボクはニット帽《ぼう》の男に声をかけた。

「あーらら」

男はその姿《すがた》に似《に》合《あ》わない声を出した。

急に声をかけたから驚《おどろ》いたのだろう。

ニット帽《ぼう》の男はボクを見ると、にっと笑って言った。

「こんばんは」

急に辺《あた》りがうす暗くなった。

日が落ちるには早過《す》ぎる。

ニット帽《ぼう》の男は、まるで誰《だれ》かと会話しているみたいに、

森の奥《おく》に向かって声を張《は》った。

「全部、数え終わり。戻《もど》ります」

男はずるりとニット帽《ぼう》を脱《ぬ》いだ。

赤い大きな一つ目が現れた。

「事八日《ことようか》」は一年に二回ある。

十二月八日と二月八日。
事八日《ことようか》の日に山に入ると、山の木に数えられ、
山から出ることができないという伝承《でんしょう》があり、
山仕事を忌《い》む地方が多い。

秋

12月

怪談《かいだん》

狐火《きつねび》

塾《じゅく》からの帰り道。

師走《しわす》の町を歩いている時のことだ。

辺《あた》りはもうすっかり暗く、商店街のアーケードには、

クリスマス飾《かざ》りの電飾《でんしょく》が、まばらに点滅《てんめつ》していた。

その明るさが、かえって寂《さび》しい。

なぜならボクが小学生の頃《ころ》、

この商店街は、もっと賑《にぎ》やかだったからだ。

今ではシャッターを下ろした店の方が多い。

再開発《さいかいはつ》で駅を挟《はさ》んだ反対側に大きなショッピングモールができて、

人の流れが変わってしまったからだという。

ガランとしたアーケードは、駅まで続いている。

ボクが歩く少し先を、

足早に歩く人たちに交《ま》じって、

小学校一年生くらいの二人《ふたり》の女の子が、

手を繋《つな》いで歩いていた。

フワフワしたお揃《そろ》いのセーターを着ている。

人通りがあるとはいえ、もう夜だ。

子どもが二人《ふたり》だけで歩いている時間ではない。

ボクの目は無意識に、女の子たちの親を探《さが》していた。

しかし、周囲にはそれらしい人の姿《すがた》はない。

そんなことを考えているうちに、
二人《ふたり》に追いついてしまった。
間近で見ると、彼女《かのじょ》たちはキョロキョロと
辺《あた》りに視線《しせん》を投げかけていた。
何かを懸命《けんめい》に探《さが》しているようにも見える。
女の子の一人《ひとり》は、ボクより先に、
追《お》い抜《ぬ》いていった女性《じょせい》に向かって、
何か言いたげに小さい手を伸《の》ばした。
けれど女性《じょせい》は気づかずに通り過《す》ぎていく。
がっかりした様子のその子と目が合った。

ボクは思い切って声をかけた。

「どうしたの？　お父さんやお母さんは？」

女の子たちが足を止め、ボクも立ち止まる。

二人《ふたり》の顔形はそっくりだ。双子《ふたご》かな？

「わたしたち、おつかいなの」

二人《ふたり》は揃《そろ》って答える。声も似《に》ていた。

でもこんな遅《おそ》い時間におつかい？

「何を買いに行くの？

お店なら教えてあげられるかもしれない」

二人《ふたり》は少し困《こま》った顔をした。

「探《さが》してるの」

「届《とど》けにいくのよ」

買い物じゃなくて、場所を探《さが》しているのか。

「じゃあ。交番で聞いてみよう。

交番までいっしょに行ってあげようか」

女の子たちは顔を見合わせた。

ボクには聞えない小さい声で、

何かを相談していた二人《ふたり》が、

ボクの方を見上げて言った。

「赤い小さい鳥居《とりい》。

ずっと前から、この街にあるの。
知らない？」
赤い小さい鳥居《とりい》？
ずっと前からこの商店街にある・・・。
ボクは記憶《きおく》を辿《たど》った。
そして、あることを思い出した。
小学生の頃《ころ》、友だちといっしょに探検《たんけん》と称《しょう》して、
商店街中を歩き回っていた時、
どこかで赤い鳥居《とりい》を見たことがあった。
その光景がポンと頭に浮《う》かんだ。

アーケードの終わり近く、
横にそれる小さい路地があった。
路地というより、店と店のすき間に入っていくような道。
その先に小さい社《やしろ》があった。
誰《だれ》も来ないような場所なのに、
びっしりと並《なら》んだ瀬戸物《せともの》の狐《きつね》や、
赤い小さい鳥居《とりい》の重《かさ》なりが不気味で、
怖《こわ》かったのを覚《おぼ》えている。
くすくすくす
女の子たちは楽しそうに笑った。

奉

二人《ふたり》はまるで、ボクの記憶《きおく》を見たかのように、

笑いながら、手を繋《つな》いで歩き出した。

「わかったの？」

「うん。ありがとう」

ボクは後《あと》を追ったが、とても追いつけない。

子どもとは思えない早さだった。

空中に小さいオレンジ色の火が、

女の子たちの後《あと》を追うかのように、点々と灯《とも》る。

まるで行列のようだ。

周りの人には見えていないらしく、

誰《だれ》も気《き》に留《と》める様子《ようす》はなかった。

路地の入口で、女の子たちは振《ふ》り向《む》くと、

ボクにお辞儀《じぎ》をして、消えた。

秋

12月

怪談《かいだん》

大つごもり

ボクが小学生の頃《ころ》、冬休みに父の田舎《いなか》に帰省《きせい》した時のことだ。
近畿《きんき》地方の県庁所在地《けんちょうしょざいち》から、少し離《はな》れた山間の町。
冬にはよく雪が降《ふ》るが、
東北の豪雪地帯《ごうせつちたい》のように、雪下ろしをするほどではない。
田舎《いなか》には祖父母《そふぼ》が二人《ふたり》で暮《く》らしていた。
父は一人《ひとり》っ子だから、お盆《ぼん》や正月には、できるだけ帰省《きせい》していた。
ボクと母はいっしょに行ったり、行かなかったりだった。
その年の冬は、父とボクが帰省《きせい》した。
田舎《いなか》では大晦日《おおみそか》は、どこの家も
家族だけでひっそりと過《す》ごす習慣《しゅうかん》だった。

子どもだったボクには、とても退屈《たいくつ》に感じた。
大晦日《おおみそか》の夜。
お正月の準備《じゅんび》を整えた祖母《そぼ》は、
十時を過《す》ぎた頃《ころ》にはコタツでウトウトしていた。
ボクは何をするわけでもなく、テレビを見ていた。
田舎《いなか》の家は広く、使っていない部屋がいくつもあった。
それらの部屋は、ぴったりと襖《ふすま》を閉じ、
入るのを拒《こば》むような雰囲気《ふんいき》だった。
時計が十一時を打つ。
遠くから除夜《じょや》の鐘《かね》が聞えてきた。

「山の上のお寺の鐘《かね》だ」

お酒を飲んで少し赤い顔の父が言った。

いつもの夕食では、祖父《そ ふ》も父といっしょにお酒を飲むのに、

大晦日《おおみそか》の晩《ばん》は、祖父《そ ふ》はお酒を飲まなかった。

夜が更《ふ》けていく。

「雪になったようだな」

周囲はひっそりと静まりかえっている。

つけっぱなしのテレビが、

かえって静けさを強調していた。

真っ暗な家の外に、何か大きなものが

息を潜《ひそ》めていそうなそんな気配がして、
ボクはコタツに胸《むね》まで潜《もぐ》り込《こ》んだ。
「眠《ねむ》いなら寝《ね》てもいいぞ」と父が言う。
去年までは眠気《ねむけ》に勝てず、
十二時を待たずに眠《ねむ》ってしまっていた。
今年は起きていられそうな気がする。
それでも、少しウトウトしていたらしい。
目を覚《さ》ましたのは祖母《そぼ》の囁《ささや》くような
小さな声を耳にしたからだ。
「お父さん、そろそろ」

「うむ」
祖父《そふ》は立ち上がり居間《いま》の襖《ふすま》を開け、出て行く。
冷《つめ》たい空気が入ってきて、
ボクは浅い眠《ねむ》りから覚《さ》めた。
どんどんどん
玄関《げんかん》の引き戸を叩《たた》く音が聞えた。
「こんな時間に誰《だれ》？」
ボクはコタツの隣《となり》に座《すわ》っている父に、小声で問いかけた。
父はゆっくりと首を横に振《ふ》り、
目をつぶると祈《いの》るように手を合わせた。

向かい側の祖母《そぼ》も目をつぶり、頭を下げている。

キシッキシッ

廊下《ろうか》を歩く足音がする。

祖父《そふ》の立てる軽い足音に続き、

ミシミシと、重い音がした。

二つの足音は奥《おく》の部屋に向かって消えた。

「やっぱり誰《だれ》か来たんだ」

ボクは耳をすました。

キーンと耳鳴りがするくらい静かで、

何も聞えてこない。

十二時の時報が鳴る。

テレビから賑《にぎ》やかな音とともに、

新年を祝う言葉が流れた。

「明けましておめでとうございます！」

ほどなく祖父《そふ》が居間《いま》に戻《もど》ってきた。

いつもと変わりない様子で、

父や祖母《そぼ》と新年の挨拶《あいさつ》を交《か》わしている。

奥《おく》の部屋にいる人を放《ほう》っておいて、いいのだろうか。

「お客さんは？」

ボクが祖父《そふ》にそう言うと、祖父《そふ》は微笑《ほほえ》みながら答えた。

「じいちゃんが挨拶《あいさつ》したからいいんだ」
ボクは意味がわからず、首をひねった。
翌朝《よくあさ》、早く目が覚《さ》めたボクは、
雪の様子を見ようと玄関《げんかん》に行った。
深夜に誰《だれ》か来たはずなのに、玄関《げんかん》に履《は》き物《もの》はない。
「もう帰ったのかな？」
玄関《げんかん》の引き戸を開ける。
十センチくらい積もったまま、固まった雪の上には、
道から家の前まで、大きな足跡《あしあと》があったが、
家から外へ向かう足跡《あしあと》はない。

それから数年が経《た》ち、ボクが中学生の頃《ころ》。
祖母《そぼ》が亡《な》くなり、祖父《そふ》も後《あと》を追うように亡《な》くなった。
祖父《そふ》が亡《な》くなってから、はじめての大晦日《おおみそか》を迎《むか》えた時のこと。
父が外出しようと提案《ていあん》した。
終夜運転の電車に乗り、
有名な神社かお寺に家族で初詣《はつもうで》に行こうというのだ。
「テーマパークのカウントダウンイベントでもいいな」
父はまるで子どもみたいにはしゃいでいる。
ボクは人ごみの中に行くのは、面倒《めんどう》くさいと思ったが、
父は頑《かたく》なに出かけたいと主張《しゅちょう》した。

「子どもの頃《ころ》から、
大晦日《おおみそか》はずっと家に籠《こも》っていたから、
外に出てみたいんだよ」
父の主張《しゅちょう》に苦笑しながら、ボクと母は父の意見に従《したが》った。
ボクたちはいつもと違《ちが》う大晦日《おおみそか》を過《す》ごして、
年を越《こ》してから帰途《きと》についた。
家が近づくにつれ、父の様子が少し変わった。
落ち着かずに、ソワソワしているようだ。
家が見えると、父はボクらより先に敷地《しきち》に入ったが、
玄関《げんかん》の前で立ち止まり、動かない。

玄関《げんかん》には年末に注連飾《しめかざ》りをつけていた。

その注連飾《しめかざ》りが、地面に落ちている。

追いついた母が目を丸くした。

「いやね。誰《だれ》かしら、こんないたずらして」

父は落ちた注連飾《しめかざ》りを拾《ひろ》い上げながら、呟《つぶや》いた。

「ここにも来るのか」

玄関《げんかん》のドアに大きな黒い手形が付いていた。

ボクの脳裏《のうり》に、田舎《いなか》の家で過《す》ごした大晦日《おおみそか》の記憶《きおく》がよみがえる。

「大晦日《おおみそか》の夜のお客さんのこと?」

そう言うと、父は頷《うなず》いた。

「そうか、仕方ないな。今年はお迎《むか》えできなかったから、
あまりよい年ではないかもしれないな」
父はそう言うと、玄関《げんかん》のカギを開けた。

大晦日《おおみそか》の夜に訪《おとず》れる者がいる。
神様であるとか、祖先《そせん》の霊《れい》であるとか、
伝えられているが、はっきりしたことはわからない。
一家の主《あるじ》が来訪者《らいほうしゃ》を迎《むか》え、手厚《てあつ》くもてなすことで、
一年の家族の安泰《あんたい》に繋《つな》がるといわれている。
無事に来訪者《らいほうしゃ》を迎《むか》えた後《あと》、

土地の神社に詣《もう》でたことが、
やがて明治時代以降《いこう》には、
初詣《はつもうで》の習慣《しゅうかん》となっていったそうだ。

あとがき

「怪談十二か月　秋」を手に取ってくださって、ありがとうございます。

作者の福井《ふくい》蓮《れん》です。

今年の夏も猛暑《もうしょ》でした。厳《きび》しい夏の暑《あつ》さを乗り越《こ》え、涼《すず》しい風に秋の訪《おとず》れを感じると、思わずホッとしますね。

秋から初冬までの季節は、早足で通りすぎていくような気がします。季節が移ろう中、みなさんの心に浮《う》かぶ光景は、どのようなものでしょうか？

たとえば、月は一年中見ることができますが、お月見は秋のものです。お月見には収穫《しゅうかく》を祝《いわ》う意味がありましたが、それだけでなく、秋の夜空に浮《う》かぶ月は、いっそう神秘的《しんぴてき》な美しさで、人の心をとらえるのかもしれません。

月は古来から人間の想像力《そうぞうりょく》を、大きく刺激《しげき》する存在《そんざい》でもありました。秋の静けさは、わたしたちが、さまざまなことを考えるためにあるものなのかもしれません。

秋の夜長、これらの物語が、みなさんの想像力《そうぞうりょく》の糧《かて》となれば幸いです。

福井《ふくい》蓮《れん》

著●福井 蓮（ふくい　れん）

東京都出身。小学生の時、学校の七不思議のうち、4つを体験したことがある。

それ以来、心霊現象、怪談、オカルトなど不可思議な現象を探求し続ける。

特技：タロット占い。2012年深川てのひら怪談コンテスト　佳作受賞。

著書に「意味がわかるとゾッとする話　3分後の恐怖2期」「ほんとうにあった！ ミステリースポット」「いにしえの言葉に学ぶ　きみを変える古典の名言」（以上、汐文社）などがある。

挿絵・イラスト●下田 麻美（しもだ　あさみ）
中央美術学園卒業後、フリーのイラストレーターとして活動。
最近では別名義シモダアサミとして漫画の執筆活動も行っている。
主な作品に『中学性日記』（双葉社）、『あしながおねえさん』（芳文社）などがある。

装丁イラスト●あかゐいと（あかいいと）
米ひゐろ、緒方沁、紗嶋による和風特化イラストチーム。
個人でも活動している。

怪談十二か月　秋　落ち葉の下に眠《ねむ》る月

2024年10月　初版第1刷発行

著　者　福井 蓮
発行者　三谷 光
発行所　株式会社 汐文社
東京都千代田区富士見1-6-1
富士見ビル1階　〒102-0071
電話03-6862-5200　FAX03-6862-5202
https://www.choubunsha.com/
印　刷　新星社西川印刷株式会社
製　本　東京美術紙工協業組合

ISBN978-4-8113-3135-5　NDC387